JN216819

ぷりっつさんち 5

松本ぷりっつ

主婦の友社

特技は
仕事中の
ねおち

母

なにごとにもハマりやすく、飽きっぽいが、仕事の締め切りはしっかり守る。ここのところ仕事机の前にすわりづめで、運動不足が最大の悩み。なんとか体を動かそうと、父と食べ歩きのルポを始めた。少し前まで家庭用ゲーム機にハマっていたが、最近のお気に入りはスマホゲームとアクリルフェルトの手芸。カラオケも好きで最近はひとりカラオケに行くこともしばしば。海外ドラマで夜ふかしすることもあり早起きがつらい。自称「超テキトーなO型」。

父

最近ちょっとおなかが出てきたのが気になるが、なかなかのイケメン。少々天然ボケの部分もあるが家じゅうから頼りにされている、ぷりっつさんちの大黒柱。ゲームが好きで、どこへ行くにも携帯ゲーム機は手放せない。最近のお気に入りはガンダムシミュレーション。任天堂やプレイステーションの新型ゲーム機にときめいている。あいかわらず海外ドラマも好き。しっかり者のO型。

老いに
負けたく
ない

陸上部
たのしいよ

スー（次女）

2002年生まれ。2つちがいの姉と同じタイミングで中学生に。部活はずいぶん迷ったが吹奏楽部へ入部。あいかわらずバレエもつづけていて、夕方部活から帰ってきてからバレエレッスンに行くという毎日。お笑い番組を見るのが好き。最近は母にも鋭いツッコミを入れるようになった。父寄りのO型（つまりきちんとしている）。

フー（長女）

2000年生まれ。いつも前向きなハッピー思考で、父や母の心配をよそに無事に受験を終えめでたく高校生に。中学では文化部だったが、高校では一転して陸上部へ。朝は早く起きてお弁当を作って出かけていき、夜帰ってきたときの決まり文句は「死ぬほどおなか減った」。絵をかくのが好き。母寄りのO型（つまりテキトー）。

吹奏楽
おもしろい！

お勉強
がんばって
まあす！

チー（三女）

2004年生まれ。ワガママで甘えん坊だった末っ子が、小学校も最高学年になり、勉強のおもしろさに目覚めたのか自分の意志で塾通いを始める。塾でも勉強、家でも勉強の毎日だが、気づくとゲームをしてたりアニメを見ていたり。オン・オフの切りかえが巧み。『相棒』と『名探偵コナン』が好き。いまいちつかめないO型。

スマホって
むずかしい
な!!

メカって
むずかしい
わよ

ばあば

母方の祖母。ウオーキングに目覚めたじいじにつきあわされていっしょに歩くこともあるが、じいじが疲れてもケロッとしている。いくつになっても好奇心旺盛で新しもの好き。なのになぜか、ネットショッピングなどはチンプンカンプン。

じいじ

母方の祖父。最近、健康のためウオーキングに目覚め、突然一駅離れたぷりっつさんちまで歩いてくることもある。昔から孫たちにはメロメロだが、いまも3姉妹のよき話し相手になってくれる。でも、ときどきトンチンカンなやりとりになってしまうこともある。

ミスター・キューティ パトゥティ（♂）

5年前にぷりっつさんちにやってきたトイプードル。優秀な番犬になることを期待されているが、ひとつ芸を覚えるとひとつ忘れる。好きな食べ物はささみチーズ。道の段差と予防接種が苦手。

もじゃ（♂）

ノロマで甘えん坊で警戒心が強い。うんちをトイレの外にしてしまうクセがなかなか直らない。

まる（♂）

もじゃの弟。たいへんなめんどくさがりで、くつろいでいるときに犬がちょっかいを出してもまったく相手にしない。いつも足をおっぴろげて寝ている。

みぃ（♀）

活発でやんちゃな女の子。犬はネコが好きで近寄ってくるが、みぃは犬がきらい。あまりしつこいとネコパンチで追い払う。

久々に
3ネコも
登場しま〜す！

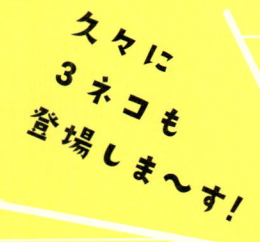

長女、高校生になりました

この春から、
長女は高校生になりました。

成長にともないまして
イラストも少々リニューアルw

小さいころから「うちの3姉妹」を
応援してくださっているみなさんは、
「もう高校生か！」と
おどろかれていると思います。

本当に、子どもの成長は早いです。

この調子だとあっという間に
大人になってしまいそうですが、
これからも日々の様子を
（たまにですが）
ブログでお伝えしていければ、
と思っています。
思い出したときには
ブログのぞきにきてくださいね☆

さて。

その高校生になった長女が言うには
学校で「世界史」の授業が
始まったのだけど
社会がもともと苦手だから、
不安なんだそうな。

そこで母が
「世界史の授業もおもしろいよ〜」と
アドバイスしていたら・・・

かっこいいことを言いだした。

そういう、学ぶ意欲ってすごく
大事だと思う！

しかも天文学。
物理などの知識も必要になり
むずかしいかもしれないけど、
勉強しがいのある分野だよね！！

と思って話を聞いていたら

雲行きがあやしい。

宇宙は
その巨人の
もちもので、いつも
大事に
持ち歩いてるの

で、ほかにも
巨人はいっぱい
いて、みんな
犬をかってるの

そしてね
その巨人たちの
もちものは全部
三角形で

時計も
三角で、1時2時3時
までしかないの

宇宙の外がわ
って想像したこと
ある？

私は
最近
そのこと
ばかり
考えてるの

そういう
こと考えてると
ワクワクして
眠れないんだ
よねー

私は
大きい
巨人がいると
思うんだよ

（・Å・）アン？

天体とは。

中身は全然変わっていない長女ですが
今後ともあたたかい目で
見守ってやってください・・・・。

次女、中学生になりました

長女に引きつづき、
進級した次女の話。

わが家の次女さんは
４月から中学生です。

この人は、
しっかり者でマジメなので
とくに心配はしてないんですが、
あいかわらず自由人で、
ちょっと
変わってるところがあります。
（長女とはちがう方向で）

先日も、学校から帰ってくるなり
ものすごく興奮した様子で
話し始めたと思ったら・・・・

うん・・・・

あの・・

キミがくじ引きで当てたことが
どうこう、というより

ナゾの近松門左衛門
チョイス。

そこが気になってしょうがない。

「くせに」ってなんだ！

理由のくだらなさに脱力。

まあでも、本人は
「念じたら当たった」ということに
相当な喜びとおどろきを
感じていたようでして・・・・

いまだに門左衛門自慢してきます。

こんな次女さんですが
新しい中学校生活を満喫している
ようです。(´▽`)

三女、5年生になりました

さてさて、
うちの三女、チーですが・・・

小学5年生になりました！

しっかり者で、
いろんなことを知っていて、
自分はなんでもできると思っていて
負けずぎらいだけど
努力をしない・・・・

という典型的な末っ子。

笑ったり怒ったり泣いたりと
感情もコロコロ変わって
まだまだ、幼いな〜
というところも多々あり。

ですが、記憶力は抜群によくて・・・

わからないことがあったら
チーに聞けば解決することが
多かったりします。

そんなチーさん、
姉2人のことがとても好きで
最近はまっているのは
「執事ごっこ」。

姉を「お嬢さま」に見立てて
お世話をする、という
何が楽しいのかよくわからない遊び。

この遊びのときの
私の地位は低い。

こんなことばっかりやっていますが、
チーも変わらず元気に
学校がんばっています！

どうぞ応援してやってください。

オマケ・・・

「なんたら　かんたら」
とか言いたいんだと思いますが・・・
チーが言うと、
呪文みたいに聞こえるｗ

先日、じいじがうちに
遊びにきたときのこと・・・

新学期をむかえ、
だれが何組になった、
などと話をしていたのですが、
その流れで次女が

・・・と言ったら

わが家と実家は、電車で1駅分しか
離れていないんですけどね。

歩くとなると、なかなかの距離です。

なんでそんなことするのかと思ったら、
健康のために歩くことに目覚めたとか
なんとか・・・。

唐突だなオイ
(´・ω・｀)

でも、ふだん
全然運動していないじいじ。

たかがウオーキングといえど、
「ちょっとそれは
たいへんなんじゃない？」
と言ってみたのですが

おそらく、
本当のすごさは
伝わっていない。

さて、そのじいじが
ある日電話をかけてきて・・・

なんか自信満々だったので、
黙って見守ることにしました。

じいじとばあば（←無理やり
つきあわされてる）が、
わが家に着くころ、家の前の公園で
待っていたら・・・・

ええええ・・・・・

えらそうに言っていたくせに
衰えっぷりがやばいじいじ。

ちなみに、
つきあわされているばあばは
仕事でよく歩いているので
ケロっとしていましたw

さらに・・・

たかが30分歩くだけの
わりには用心がすぎる。

そして、やっと呼吸がおちついた
じいじでしたが

犬にふりまわされ、
ムダに体力を消耗していました。

この日だけで、相当体力が
ついたんじゃないでしょうかw

その後も定期的に
ウオーキングしているそうです。
いつまでつづくのやら
(´・ω・`)

新中学生にとって
一大イベントともいえる部活選び。

わが家の次女、スーも
4月の仮入部期間には
かなり悩んでおりました。

「心」じゃないの・・・・
それ言うなら・・・・・。

そこで、母が

と提案してみたけど

口がさけてもムリなら
ムリだろうな・・・・。

で、あれこれ悩んだ結果
次女が選んだのは「吹奏楽部」。
歌も音楽も大好きなので
ピッタリなんじゃないでしょうか
(´ ▽ ｀)

18

そんなスーは、
バレエも習っておりまして、
バレエのレッスンでは、
上級科のみなさんのことを
「お姉さんたち」って呼んでいます。

なので・・・

いくら教えても、
「先輩」を「お姉さんたち」って
呼びますw

これから、たくさんお姉さんたちに
教えてもらってじょうずになってね。

で、長女の部活はというと

長女が高校生になって
すぐのころの話。

長女から「今から帰るね」
と連絡があったので
そのタイミングに合わせて
犬のお散歩にでかけました。

ちょうど会えるかなー
と思いながら
駅に向かっていると・・・・

ピッタリのタイミング（´▽｀）！

向こうから長女が歩いてくるのが
見えました。

でも・・・

ものっすごい
トボトボ歩いてくる長女。

めっちゃ元気がない様子でした。

疲れてるのかな！？

朝も早くなったし、
慣れない電車通学だし・・・。
いやまさか、
何か悩み事かな・・・！？

友だちができないとか？

なんだか、つい
いろいろ心配になってしまいました。

そこで合流して・・・・

さりげなーく聞いてみると

やっぱり。

何か悩んでいるのかも。

なるべく明るく、

「えー？どんな考え事ー？？」

って聞いてみたら・・・・

あ、あっそ・・・・・！

さすがフーさん、考え事のベクトルがちがう。

悩み事などいっさいないそうです。

さて、その長女は
高校でいったい何の部活を
選んだかというと・・・・

なんと陸上部・・・・！

「なんと」から察していただけると
思いますが
中学校のときから運動なんて

いっさいやったことが
ございません。

中学3年間の部活は
「家庭科部」でしたし！

運動部は、中学校で3年間バリバリ
やってきた人たちばっかりだから、
きっとついていけない、と
自分でも言っていたんですけどね。

なぜか選んだのです。

同じクラスで陸上部に入るっていう
お友だちがいないのに、
なぜか選んだのです。

中学校の先生の反応↓

ふき出された。

ママ友↓

ウソだと思われてた。

じいじ↓

なにしに、言われた。

このように、
まわりの人々も驚愕(きょうがく)の選択
なわけです。

おそらく、みなさんには

（うちの3姉妹1巻「走る長女」より）

こういうイメージが
強いんでしょうね・・・・。

いや、私もですわ。

小学校のころから、徒競走は
だいたいビリっけつのほうだし、
当然リレーの選手など
選ばれたこともない。
だいたい、走り方もなんか
ヘンテコなのよね (;´Д｀)

だから最初のうちは
「ついていけるんだろうか！？」
という心配しかありませんでした。

案の定、
部活が始まってすぐのころは

こう言っていました。

当然でしょうね。

そんなもんだから、
そのうちイヤになるんじゃないかな〜
と思い
様子を見ておりましたが、

だそうで・・・・。

(゜Д゜)
そ、そうなんだ〜・・・・。

お友だちもできたし、先輩もみーんな
やさしいんだって。
筋トレとかつらいけど、
運動することが楽しいんだって。
これには、母もビックリでしたが
安心しました。

ビリっけつでも、
楽しいならそれでよかった。

まあ、今まで「運動部」と
無縁だったもんだから、
何がつらいって私がつらいんです
けどね。

朝練とか、土曜や日曜の部活とか。

まだそのレベルｗ

これが３年間つづくのか・・・・

と思うと
気が遠くならんでもないですが、
本人がこんなに楽しんでいるのだから
全力でサポートしてやりたいと
思います！

ちなみに、彼女は
１００ｍ走をがんばっているそうです。
最初のうちは、
走り方がヘンテコなので
「先輩たちに笑われた〜」とか
言っていた長女。

まあ、フーさんのペースで
のんびり成長してください！

先日、少しはタイムが縮まったのかな、
とその成長っぷりを聞いてみましたが

きのうの、次女と長女の会話↓

ほんとハッピーピーポーだな
キミたち・・・。

くだらない話

・・・・・と、次女が言いだした。

どうやら、話したいようだったので
聞いてあげることにした。

いったいどんなくだらない話だろう。

くだらなさが
想像をこえてました。

そもそも「話」でもない(ﾟДﾟ)・・・

チーっす（あいさつ）と
teeth（歯）をかけた
「てぃーす！」

ある日、
セブン - イレブンの話になって・・・

初めてコンビニができたときは、
営業時間が朝7時から夜11時まで
だったんだよね。

それでも当時はかなり画期的
だったんだけど・・・。

今は24時間営業なんて
あたりまえなので
このクイズはむずかしいかな〜と
思ったけど、
案の定・・・

こんな答えばっかり。

なので、

・・・と、
ちょっとヒントを出してみた。

29

さすがに中学生、
次女が何かひらめいたか？
と思ったら

解答が異次元すぎた。

これで「わかった」と言えるおまえに
おどろきだよ。

ワルいぬ

うちの犬の心理を予想してみる。

ワルいぬ２

うちの犬の心理を予想してみる。
その２

ワルいぬ3

…
てめえ
だれだ？
みかけねェ
やつだな…

なに
みてんだゴルァ!!
やんのか!!

こどもの
シュッ

…オイ なんだ その態度
やるぞ？…いいのか？
ただ
お前ごときが
オレにかてるなんて
フン
いい度胸
してるな
オレと
やろうって
のか？

じりっ
じりっ

でもやれないビビり犬。

ワルいぬ4

くっくっく
オレは
ワルだ

ゴミばこから
ひろったゴミを
こうしてやるぜ!!
オラ
オラ
オラ!!

くっくっく

さすがに
やりすぎたか……
こそっ
…

几帳面と雑

うちの家族は
タイプがはっきりしていて

几帳面
きちんと
してる

というチームと

テキトー
雑
だらしない

という残念なチームに分かれている。

※ 三女は、
きちんとしているところもあれば

適当にごまかすところもあって
今のところどっちつかず。

ふだんの様子としては・・・・

麦茶のフタ
ちゃんと
しまって
ないよ

エー

別に
よくない？
こぼれないなら

こういう感じ。

なんで
そんな
テキトー
なんだ
お前は！

しょうがないよ
お母さんに
似たんだよ

ヘラ
ヘラ

長女の開き直りっぷりには
腹も立つが私が言える立場ではない。

んで、あるとき・・・・

こういうことがあると、
まず私が疑われるんですが・・・・

そのときは、ダンナの
うっかりミスだったようで・・・・

それを聞いたチーは

・・・とか言ってました。

いやちがうだろ。

逆流してる、逆流。
まあ、私を見ならっちゃいけない、と
チーが必死で訴えている姿を見て
生き方を変えていこうかなとは
思いました。

オマケ

チーが先日、
「○○先生の奥さんが・・・・」と
言おうとして

「奥さん」が
出てこなかったようですw

最近の姉

2学期が始まりましたね～。
みなさん、どんな夏休みでしたか。

わが家の子どもたちも、
夏休み中、体調をくずすこともなく
元気に過ごすことができました。

とくに、長女は
毎日のように部活、部活・・・。

なんだかすっかり走ることに
目覚めてしまって
とにかく部活が楽しいらしいです。

タイムも
じわじわと伸びているようで、
それがさらに
やる気を起こさせている様子。

といっても

（うちの3姉妹1巻「走る長女」より）

こういうタイプの
人間だったのでね・・・。
スタートがマイナスすぎるという。
それなりの伸びしろは
あってもらわないと困る。

まあ、本人が楽しんでいるので、
今後も見守ってやりたいと思います。

そんな感じなので、
さすがの長女もかなりしっかりして
きたのかと思いきや・・・・

あいかわらず、ボケっとしている
(´ω｀)

桃鉄か。

そして先日は、

３姉妹で
なにやら楽しそうにしていて・・・・

・・・とか言っているので
何をしていたのかと思えば

でたー。

そういうのでたー。

私がチーになってスーが私になってチーがスーになって「会話するっていうあそび」

どこに盛り上がる要素が。

結局何がおもしろいのかは
全然理解できませんでしたが、
最後は
「たましいを交換しているんだから
パジャマも交換しよう」
ってことになったらしくて

おやすみー

長女は、チーのつんつるてんの
パジャマを着て寝ていました。

一応もう一度
確認しておこう。

高校1年生です。

ワルいぬ5

ワルいぬ6

アラフォー女子たちには
なかなか衝撃的なニュースが
飛び込んできましたね・・・。

・・・と、
勝手に失恋した気持ちになって
さわいでいたら・・・

なん・・・・だと・・・・・・

次女、中学1年生。

この世代には福山のカッコよさは
伝わらないのだろうか・・・！

ってビビっていたら

もう少し最近だわ！

・・・と、好みのタイプを説明したら・・・

なにかと昔に持っていこうとする
次女だった。

ちなみに、
次女がイケメンだと思うのは
手越だそうですｗ

オレはうんちをする場所を慎重に決める。どこでもいいわけじゃないんだぜ!!

ぐるぐるぐるぐるぐる

ぐるぐるぐるぐるぐる

ここだっ!!

うーん

どこでもよさそうなもんだが。

どけどけ じゃまだ じゃまだ どけどけーっ

オレ様のお通りだーっ♪

排水溝 ↓

むむっ?!

ふせろ!
危ない!

ぱひっ

いくよ

なにしてるの

この上を通るのはやばいぜ オレにはわかる こんなワナにかかるようなバカなオレじゃないぜ!! ハッハー!!

排水溝の上を通れない犬

ブルブルブル

42

ひもじい

ある日次女が

こんな質問をしてきたんだけど・・・・

純粋な中学生をからかうダンナ。
何言ってんだ、まったく・・・と
思いつつ

のっかってみた。

すると・・・

純粋な中学生が
純粋に正しいことを言ってきたので
これはいかん、と思い・・・

あわてて正しいことを
教えてあげたけど

ていうか、ひも持ってても
おなかいっぱいにはならんだろう！
（↑つっこめる立場か）

まあ、そんな次女も
漢字がわからなくて
困っている三女に・・・・

全然おかしなこと
教えてましたけど。

しかもそれ、
たぶん五郎丸のつもりだろうけど
ただのニンニンだしな。

オマケ。
五郎丸といえば。

長女が、名字のめずらしさに
びっくりしてたんだけど・・・・

「丸」は。

ヨーグルトのおいしい食べ方

長女がまたおかしなことを
言いだした。

なにやら、
ヨーグルトをさらにおいしく
食べる方法があるらしく、
彼女はアドバイザーなのだそうだ。

アホらしいにおいが
プンプンするけど
黙って聞いていたら・・・・

ヨーグルトのフタの
ピラピラした部分を「ヘタ」と
呼んでいる時点で、かなり
うさんくさいアドバイザーだと思う。

初耳。

ていうか「われわれ」ってだれ
ｗｗｗｗ
ほかにもいるのかｗ

※ でたらめです

そしてムダに厳しいアドバイザー。

にゅ・・・乳・・・・?

実際おいしくなったのかどうかは
知りませんが、妹2人は
満足しておりました。

あいかわらずこんなことを
大マジメにやっている3姉妹です。

両方干して

少し前に、
朝っぱらからどしゃ降りの日が
あったんですが、
学校へでかけていった長女が
数分で引き返してきましてね。
どうしたのかと思ったら・・・

家を出てすぐに
くつもくつ下もびっしょびしょに
なってしまったそうで。

このままじゃ学校に行けない、
ってことで
くつ下とくつをはきかえて
でかけていったのです。

んで、その日はお昼に帰宅した長女。

もう雨はやんでいたんだけど・・・

はきかえたくつもぬれた、と言うので

晴れてきたので
ベランダにくつを出すように
言ったんですけど

見たら、はきかえたほうしか
干してない・・・・。

なので

・・・って言ったら

どこの世界に
そんなアホな指示を出す
人間がいるというのか。

そんな、
久々に驚愕<small>（きょうがく）</small>しました、という話。

ある日、次女が三女にいきなり
質問されて・・・

三女の好きな四字熟語を
聞いてみたら

・・・って言ってたそうです。

理由は「安心するから」らしい。

まあ、たまにダンナが見ている
刑事もののドラマとかをいっしょに
見ていたりするからね・・。

そういえばこの前も
トイレの置き時計のアラームが
突然鳴り始めちゃって。

今まで一度も
アラームが鳴ったことがなかったので
みんな、何の音かわからず・・・・

姉が、何の音だろう、と思って
確認しにいこうとしたら

真顔でこう言っていたらしいですw

話はもどって、
最近そんな、新しい言葉を
いろいろと覚えている三女。

先日、車でおでかけしているときに
ＤＡＩＧＯがよく言う略語をマネして、
みんなで
クイズを出し合っていましてね。

たとえば

「ＳＧＫ、なーんだ」
「答えは信号機でした〜」

みたいな。

で、
ダンナが交差点にさしかかったときに

と問題を出したんです。

答えは「交差点」。
そしたら、
三女がソッコーで手をあげて、

出てきた答えが

なにそれｗｗｗ

覚えた言葉のチョイスが
いろいろとおもしろい
三女なのでした。

長女の進路

ある日、長女がため息まじりに
こう言った。

そう、そろそろ選択科目を
決めなければならない友だちも
いるらしく、
まわりが進路について
考え始めたらしいのだ。

のんきな高校生活を送っている長女。

進路については、
大学進学と漠然と考えているだけで
その先のことなんて
想像もつかないらしい。

やりたいことを決め、
そこに向かっていろんなことを学ぶ、
という道筋を
見つけなければならない
時期が来たのだ。

ほう。

一応、将来のこと
考えていたのね・・・・と思って
何になりたいのか聞いてみたら

もう、
「大きくなったら
セーラームーンになりたい☆」
なんて言っていた幼いころとは
わけがちがう。

すると・・・

ちょっと何言ってるか
よくわからないん
ですけど。

セーラームーンからあまり
成長していないことだけはわかった。

・・・・こんなよーな会話してたら

三女が
こう質問してきたんだけど・・・・

次女が超テキトーに答えてて
ビビった。

あいかわらず自由なお人である。

あと、先日、
バレエのレッスンが予定よりも
早く終わってしまったので
あわてておむかえに
いったのですが・・・

・・・と言ったら

とか言ってきやがりました。
コノヤロウ

そしてさらに別の日の話ですが
ある日、
お仕事場のベランダから見えた夕日が
とってもきれいで・・・・

で、次女も自分の携帯を持ってきて
写真をとったりしていたんですが・・・

・・・・・次女よ。

サンセットって、
3セットじゃないから。

おもしろ発言が多い
次女なのでした。

最近、プリペイドカードって
ものすごいいろんな種類があって、
コンビニにもずらーっと並んで
ますよね！

GooglePlay とか Amazon とか
LINE とか〜。

かくいう私も、
しょっちゅう楽天で買い物するので
「楽天ポイントギフトカード」とか
もらえたらうれしい、と思うわけで。

で、先日ですね、
うちのじいじが誕生日だったので、
初めてその
「楽天ポイントギフトカード」を
あげたわけ。
ばあばにもいっしょに
プレゼントして、
「これで好きなもの買ってね！」
みたいな。

そうしましたら、その少しあとに
ばあばが電話かけてきまして・・・

(´Д｀∪)アイター

しまった。

どうやら、
うちのばあばのITライフの
ヘナチョコっぷりは
想像以上だった。

あーちゃん（義母）は、
こういうのちゃんと
使いこなせるんですけどね・・・。

そこで、簡単に
説明してあげたんだけど・・・

ざっくりした説明だったけど、
まあ、サイト内をよく読めば
すぐわかるかなって思ったんですよ。

しかし・・・

あれっ。
まさか楽天を
利用したことがない？

これは、わたくしのリサーチ不足。
失敗でした。

つーことで、
まずは楽天の会員登録をしてもらおう
と思って

「じゃ、そこにある 『楽天会員登録』
ってのを押してみて。
で、名前とかアドレス入れるだけだよ」

って言ったら・・・

メカｗｗ

「私のアドレスって何番？」

ていうかそういう問題じゃない。

「じゃあ携帯のメールアドレスで
だいじょうぶだよ」

知らねーよ！Σ(゜Д゜)
ガーン

と言ったのですが、
今度は入れてみても
会員登録メールが届かない・・・と。
携帯の受信拒否設定に
ひっかかってるらしい。

しかも、「何番」ってなんだよ。

その設定を変えるために、
メール設定サイトに行って・・・
っていう説明を長々とし・・・
受信設定を変えるための操作を
長々と説明し・・・・

「パソコンのメールって使ってる
でしょ！？なんでわかんないのよ」
と言ったら

かなり、かなーり長いこと
あれこれ説明して、
やっとやっと、
会員登録が完了したわけです。

いやはや・・・本当にたいへんだった。
(´Д｀)

で、最後に
もう一度確認してみたら・・・・

あれから、
無事買い物できたんでしょうか。
連絡待つ。

かっこよくお片づけ

子どもの部屋が
とっちらかっていたので
あれこれ指示したら

それはそれは元気に叫びながら
片づけていた。
（全部裏声）

「何言ってるの？」と聞いてみたら

・・・とかなんとか言っていた
次女と三女。

やる気なさそうにしていたので、
だいじょうぶかなと思って
あとでのぞきにいったら・・・

大人が仕事をしているみたいに、
かっこよくやっているのだそうな。

もう、全然わけわからないけど。

本人たちがとっても楽しく
お片づけできたそうなので
よしとしよう・・・。

これからもこの調子でよろしく
(' ～ `)

言葉のチョイスが適当すぎるし。

そして
何がかっこいいのか理解できないが。

変わってない長女

ある日のこと。

・・・って提案してみたら

みんなの予想が同じだった。

そして

全員正解。

話の内容はというと

えっ・・
いいの？悪いの？
（ ゜д゜）

あいかわらず
ちょっと言ってることが
ずれている姉さんだった。

これがけっこう気持ちいいらしく、
いつもつけたままで寝てしまう次女。

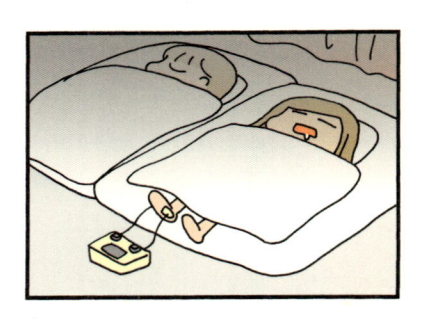

別の話をもうひとつ。

うちの次女は、
バレエを習っているので
けっこう足に疲労がたまったりする
らしく・・・
最近は、接骨院の先生に
すすめてもらった低周波治療器を、
寝る前に足につけて
ケアしています。

10分たつと自動オフタイマーで
切れるようになっているので、
別に寝ちゃってもいいんだけど
つけっぱなしにしておくわけにも
いかないので
いつも私がはずして片づけてあげて
おりました。

ある夜も、治療器を片づけようと
見にいったら・・・

あれ、片づいてる

めずらしく、自分で片づけてから
寝たのかな、と思ったら

あー、あれなら
はずして
スーの机に
おいといたよ

長女が片づけてくれていたのです。

ふだん、次女の治療器などに
関心を示したこともなかった
のに・・・。

なんだかんだで、気がきくのよね～。

と、姉のやさしさに喜んでいたら

あら～
やさしいじゃん
お姉ちゃーん

えっ、いや
やさしいとか
じゃなくてさ

電気
つないだままって
火事に
なるでしょう

片づけた理由が予想外だった。（しかも超真顔）

どんなこわい治療器よ。
(´ﾟωﾟ｀)

必要以上にビビりなところも
昔っから変わっていない
長女でしたw

本当にビビリです。

ナラベラー

うちの三女は、
刑事ドラマ「相棒」が大好きだ。

どれくらい好きかというと・・・

ズボンがなくなっただけで
なんとなくものものしい雰囲気に
なったりする。

右京さんのマネして
麦茶をたっかい位置から入れて
こぼしまくるくらい好きだ。

さて、そんなチーさんだが、
昔っから、小さいものを
チマチマ並べるのが大好き。

カードだったり、
冷蔵庫のマグネットだったり、
オモチャだったり・・・。

そのせいかどうかわからないが・・・

並べては、場所を入れかえ、
またもどして・・・みたいな
何がおもしろいんだかさっぱり
わからない遊びを
ひたすらやりつづけるのだ。

もはや弾丸ナラベラー（古）。

先日も、静かだな・・・と思って
部屋をのぞいたら

やっぱりやってた。
小さい人形を、ただただ、並べていた。

よくやるなあ・・・と思って
こっそり見ていたら・・・！
な、なんと・・・・！

定規！！！

人形と人形の間隔を
正確に測っているではないか！

ナラベラーともなると、
こだわりがハンパない。

そして、ようやく納得のいく
並び方になったと思ったら・・・・

突然の終焉 （ ﾟДﾟ）

雑。ひらき方雑。

並べ終わったらもうどうでもいい。
そこに、ナラベラーの真髄を見た
気がした・・・・。

さらにそのあと部屋をのぞいたら

人形が出しっぱなしに
なっていたので、

「ちゃんと片づけなさい」と言ったら、
「組体操してるの！」と怒られた。

運動会シーズンならではですな・・・。

オマケ

69

「教科書」を「書物」と言ってて
ちょっとふいた。(´_ゝ`)

ナポ・・・・

え？

めずらしく、
長女が次女に、アドバイスをしていた。

妹に、真剣に助言してくれる
お姉ちゃん。

かっこよくて
たのもしくて、
フーも大きくなったな・・・と感じた。

そう、これが・・・・・

71

ツムツムの
アドバイスじゃ
なければな！

勉強しろやおまえら。

髪切ったら

先日、髪の毛を切ったんです。

ちょっと大人なボブにしたくて

リアルでかくとこういう感じに。

あらやだ、
吉田羊みたいじゃない？
とか思ってね。

で、次女に見せたら↓

「どちらか」で
並べるの
おかしくねー！？

次女が、一生懸命
「春はあけぼの」を
暗記しておりました。

なんという斬新（ざんしん）なキレ方。

それを聞いていた長女が
会話に入ってきた。

で、盛り上がる姉妹。

次女「そうだよねー！
意味ないよね！」

長女「われわれは現代に
生きてるのにね」

次女「もっと新しい文章を
覚えたほうがいいよね」

長女「そうそう、私も中学生のとき、
そう思ってた」

きた。

あいかわらずおっぺけすぎて
いとわろし
(´Д｀∪)

お得意のアホなパターン。

で、どんな文章かと思ったら

まったく新しくなかった。

未来の人々、だまされないように。

次女を乗せて
車で走っているとき・・・

・・・とダンナが言ったので

ちょっとビビらせてやろうかと
思ってこう言ったら・・・

次女がくいついてきた。

真に受けて、すっかり
ビビっていた次女だったが・・・・

「珍百景」で
片づけんなし。

三女が、社会科見学の前日に
荷物を準備しているとき・・・・

しまった（´ ゜A ゜｀）

今の子は
「ちり紙」なんて言わないって
ことをすっかり忘れていた。

長女と次女は、ここぞとばかりに
大爆笑。

まあ、古くさい言葉を使って

「お母さんって昭和！」

とか言われることって多いんでね、
別にいいんですけどね、

今回はすごいレベルで
ディスられたわ〜・・・。

以後気をつけようと思いました。

ねーねー
きいて
お母さん

ゴクッ

すごく
信頼できる筋
に聞いたんだ
けどな…

そんなんあるのか、
小6でｗｗｗ

〇〇ちゃんの
いとこって
ツチノコ
かってるんだって

はー
？！

突拍子もないことを言いだす小学生。

実に、まだまだ幼いなと
思ったのですが・・・・

さて、そんな
幼いのかなんなのか
よくわからない三女。

先日、学校行事の宿泊体験に
行ってきました。
帰ってきた日に
学校までおむかえにいき、
その帰り道・・・・。

えー
そんな
ウソでしょ

ツチノコとか
いないもん

ウン
かなあ

夜ねー
先生が
かわるがわる
こわい話
したんだよ

えー
そんな
こと
するの？

こわかったでしょ

もし、これが長女だったら
絶対大泣きしていたと
思うんですよ。

しかし、三女はさすがバッチコイ。

けろっとして、
どんな話だったのかを
教えてくれました。

なぜｗｗ

先生の話を根っから信用していない
三女ｗ

で、そのタクシーの運転手さんが
女の人を乗せたら、まあ
その人がおばけだった、みたいな
そんな内容だったらしい。

さらに話をつづける三女。

だからなぜｗｗｗｗ

全然信用してないな！

ツチノコは信じるのに。

で、その知り合いが
雪男らしきものに会った、
みたいな話とか・・・

ほかにも、
たいしてこわくない話をされたそうで

・・・・と笑い飛ばしていたその夜

めっちゃ効いてたwww

設定を信じなかったのも
おそらくこわかったからだろう。
やっぱりまだ幼い三女なのでした。

オマケ

次女が国語の問題を
解いていたとき・・・

ドラクエ好きだもんな、チー。

地球で３位！

オリンピック柔道を見ていた
長女。

銅メダルに輝きながらも
くやしさをにじませる
選手を見て・・・・

「地球で３位」

すごいスケールだけど
まあ、そういうことになる
のかな・・・。

それってたしかにすごいことだ！

で、私も同調したんだけど

真顔 (ﾟДﾟ)

どんな柔道家がいるってんだよ、
宇宙に・・・・。

今年のオリンピックも
とうとう幕を閉じますね〜。

日本人選手のがんばりに、
本当に感動しっぱなしの
2週間でした。

ちなみに、
わが家の長女は陸上部で、
ダンナも元陸上部なもんですから・・・

いつも2人して
陸上競技の観戦を楽しんでおりました。

きのうの男子4×100mリレーも
かなり盛り上がりましたね・・・。
「あそこのバトンがどーだこーだ」と
2人で熱く語っていました。

しかし！

どうも、その輪に入れない
わたくし。

イマイチ、世の中の盛り上がりに
のれてない。

でも、その感動をいっしょに
味わいたいじゃないか！

てことで、
ボルトが100mで勝ったときに、
テレビを見ていなかった次女に
陸上を知ってるふりして
結果を伝えにいった。

すると、陸上にはたいして興味が
なさそうだった次女までもが、
すごい興奮しているではないか！

まさか、タイムを聞かれるとは・・・・！

当然、知るよしもない。（←オイ）

と、全人類が
ズッコケそうな雑な回答をしてみたが

そんな私を見て、あきれる次女。

えーっ、キミもそんなに陸上に
興味があったのー！？

なんだか裏切られたような気分だった。

で、しかたないので

こいつも全然雑だった
www

陸上知ってるふり仲間だった、
よかった。

オマケ

オリンピックにあこがれをいだく
三女だけど・・・・

たて笛じゃなぁ・・・・・・・・。

部屋の掃除をしていたら、
三女の机の後ろから
見なれぬものが出てきた。

先生が授業で使う、
「指示棒」のオモチャだった。

こんなもの、
うちにあった記憶すらないので
かなり前から
机の裏に落ちてたっぽい。

案の定、
持ち主であると思われる
三女本人も

これが何なのかすら
覚えていないようだった。

でも

子どもって

久しぶりに出てきた
オモチャとか
絶対「さがしてた」って
言うよね〜。

存在を忘れてたくせに
言うよね〜。

まあ、そんな感じで
新しい（?）オモチャをゲットした
チーはさっそく・・・・

あら〜・・・・

ご満悦で授業ごっこをしていた。

さすがに、全然相手にされて
ないのか・・・・
と思ったら

で、部屋にいた姉たちも
巻き込んでいたようなんだけど・・・・

めっちゃいっしょに遊んでた。

よかったね、チーよ。

ていうか
「ハイライトフェザーって何」
って次女に聞いたら
「知らないの！？われらが校長だよ！」
って言われた・・・。

知るか！

キレイにしたのに

ある日、次女が
学校の大量の課題に追われていて・・・・

とってもたいへんそうだったので

元気づけようと、
カフェに行く約束をしまして。

自分も、その日は
全然でかけるつもりがなくて

スッピンでぼろっぼろの姿だったので

おでかけできるように、
髪をととのえお化粧をばっちりして、
次女が課題を終わらせるのを
待っておりました。

しかし

夕方になっても、
次女の課題が終わらず、
もう時間もおそくなってしまったので
カフェに行くのはあきらめることに。

てことで、ばっちりメイクで
犬の散歩に行こうとすると・・・

え・・・・・・

散歩に行くだけ・・・・なのに・・・・

きのう
トリミング
した
ばっか
なのになっ

あ、

そっちか。

いつも、出かけるだけで
よごれてるのかと思って
超ビビった、という話。

爆竹

ある日の会話。

そらヤバイな。

今の子って
爆竹とか知らないんだな・・・。

昔はな・・・
重低音がバクチクしてたんだぜ？
（古い）

上島竜兵が
「モンストやるなよ！」って
言ってるCMを見て、

「ダチョウ倶楽部を知らない人は、
本当にやっちゃダメだと
思ったりして・・・」

と、いらぬ心配をしていた
私ですが・・・・

けっこう身近に、そういう人がいた。

なので、
「これは逆の意味なんだよ」と
教えたのですが

ダメだと思った理由が
予想の斜め上を行ってました。

さすがです。

そんなうちの長女さんは・・・・

いまだにトンカチ！

ネコこわい

ソファで寝ているダンナのそばで、
チーがネコと遊び始めました。

ネコじゃらしをソファに！

その瞬間！

とにかく動きがすばやい、みぃ。

それを相手に必死でネコじゃらしを
振っていた三女が・・・・

オレは一瞬死を覚悟した
by ダンナ

たしかに寝起きにこれはキツイ w

動くものを追いかけるネコの
おそろしさをあらためて感じた
ダンナ・・・・。

で、

と言ってふり返ったら

そのネコにビビるネコが
２匹隠れていたそうですｗｗ

3姉妹は今（長女編）

ここからは、ブログではあまり
こまかくふれていない
3姉妹の最近の様子について
書いていこうと思います。

まずは長女、フー。

幼いころから脳内メルヘンな
おっぺけ少女だった長女。

こんなわけのわからないことを
言っていたころから
時はたち、今は高校2年生。

ただ今
青春真っただ中です。

さすがに学校から帰ってくると
疲労のあまり口数が少ないことも
ありますが、基本的には
自称パリピ（パーティーピーポー）
なだけあって、
毎日ごきげんです。

これがログセ。

おしゃべり大好きで、
学校であったことなど
アレコレ聞かせてくれます。

いわゆる反抗期というものが
なかったので、
おっぺけであるということ以外では
親をてこずらせることもなく
成長してくれた長女。

まあ、たまに

とかよくわからないことを
言っていますが（笑）。

（本人は自分が
反抗期だと思っているらしい）

そんな長女も今をときめくJK。

Twitter とかインスタなどの
SNS も楽しんでいるし、
携帯アプリも使いこなしていて・・・

初めて行く場所でも
地図アプリで迷わず歩くし、
電車の乗り換えも
自分でちゃっちゃと調べます。
電車の切符のことを「きって？」とか
言っていたことを思えば
たいした成長です。

ほかにも

とか

みたいな、

いかにも女子高生っぽいことを
よく言っています。

そんなふうに、お友だちと
遊びに行ったりすることも
ふえましたが
バイトはしていないので
お小づかいでやりくりしている長女。

うちの長女の場合
「高校生新聞を1カ月分きちんと
読んだらお小づかいをあげる」
という決まりがあります(笑)。

ただ読むだけではなく、
どんな内容だったかをダンナに話し
ニュースについて語り合う、
というルール。

しかし・・・

そう簡単には読みません。
毎度、ためまくります。

で、

お出かけ前とかになると
読み始めるというやり方。

まったくクズである。

もう、
ニュースでもなんでもないっていう。

そんなしょーもないやつですが、
今を生きるために、
必死で世の中を学んでいる
といったところです (笑)。

それから今、
長女がハマっているのは
絵をかくこと。

小さいころから
パソコンや掃除機を紙で作ったりと
かなりクリエイティブな子でしたが
とにかく手先が器用でして、

先日もこんなラクガキをしていた
そうです。(授業中だけどな)

そして彼女がなによりも夢中に
なっているのは部活。

毎日陸上部でがんばっているのですが、
走ることがとにかく楽しいのだそう。

今や、陸上部の女子の中でも
いちばんのタイムが出せるように
なったとかで、
都大会にも出場したりして
がんばっています。

体育祭のリレーでもぶっちぎって
走っておりました。

小学校の運動会ではこんなで・・・・

中学校では家庭科部だった
長女からは想像もできない姿！

こんなふうに覚醒する人間も
いるんですね。

部活がない日も、
走りたくてうずうずするらしいです。

こんなかっこいいことまで
言うように・・・・。

どの口が言うか、
って感じですけどね。

部活の話とか、陸上に関することは
いつも父に相談する長女。
父が元陸上部なので、
よく理解してもらえると
思っているようです。

こうやって相談にのって
もらったり・・・

陸上用品が必要なときも、
いつも2人で
買い物に行っています。

長女が陸上部に入る、と言ったとき、
私は
「みんな中学校でも陸上部だった子
ばっかりできっとついていけないよ、

だいじょうぶ？」って言ったんです。
今まで走ったこともない長女が
やっていけるわけないと
思ってしまった。

でも、いつも
ただなんとなく私の言うことを
聞いてきた長女が、
「だいじょうぶ、やりたい」って
自分の意見をつらぬいたのです。

**あのとき、
止めないでよかったな。**

長女が、自分の意志で自分の輝ける
場所を見つけてくれたことが
うれしい。

大人になっても走りつづけたい、
と言っている長女。

私もずっと応援していきたいなと
思います。

さて、そんな長女も、
そろそろ進路について
真剣に考える時期。

まあ、これからもこんなふうに、
フーちゃんらしく、
楽しく生きていってくれたら
いいかな、と思います！

以上、長女の近況でした。

そんな分野は
ないんですけど！

これを先日、高校の三者面談のとき
先生に話したら、
「ああ、でも本当に大御所とかに
なってそうですねｗｗ」
と言われました。

んなバカな。

3姉妹は今（次女編）

さて、近況シリーズ、次女編。

こちらは現在、中学2年生。
吹奏楽部でトロンボーンの練習を
がんばりつつ、
週4日〜5日のバレエレッスンに
精進する日々を送っております。

人見知りでとーっても
ナイーブだった次女。

本質は大きくなってもまったく
変わっていないな、と思います。

小さいころから、

好き勝手にものをいう
自由人でありながら・・・

わけのわからん自由発言をしたと
思えば

すごくこまかいことを気にする人。

ほかにも、

いちいちＬＩＮＥの返事を
どうすればいいか
確認してきたりもする。

マジメすぎる性格なので、
「失敗をしたくない」という思いが
強いらしい。

コンビニで「肉まんでも買おうか〜」
ってことになったときも・・・

とにかく、
決断に時間がかかるのです。

あとになって
「あっちにすればよかった」とか
後悔するのがイヤなんだそうで・・・。
で、自分では決められないので
いつも私の意見を聞いてくるの
だけど

それでも決められない。

もうほんと、どこまでも優柔不断。

そして、慎重派すぎるため

「挑戦」や
「冒険」が苦手。

乗り換え含めて、30分くらいの
乗車時間なんですけどね・・・・。

**小学生のほうがたよりに
なるという（笑）。**

こんな感じで、中学生のくせに
ひとりでは電車もいやがるような
ビビりなのです。

でも、マジメなおかげで
自分で決めたことはきちんと
やり通すタイプ。

テスト勉強も
計画を立ててコツコツとやります。

バレエのための筋トレも、
毎晩やります。

ほかにもルーティンがいろいろあって
寝る前には・・・

・・・みたいなことを欠かさずに
やっています。

当然、身の回りの整理整頓[せいとん]も
できる次女。

そんなわけで、うちの長女とは
同じ生き物とは思えないってくらいの
ちがいがあります。
（まあ長女のほうは
私の遺伝なんですけど）

でも、このマジメすぎる性格が
少し心配なところもあり・・・。

ふだんから

「人生、
うまくいくことばかりじゃないよ。
失敗から学ぶこともある」

「恥をかいても、
いやなことがあっても、
人間っていつかは絶対忘れるから。
悩まないで、まあいいか！って
言えばいいんだよ」

ということを次女には
くり返し言っています。

**キミはもう少し気にした
ほうがよい。**

で、次女ががんばっている
そのバレエですが・・・

最近はコンクールでも入賞できる
ことがふえてきて、
ますます夢中になっています。

バレエを始めてみようか、って
言ったころのことを考えると・・・

ぜーんぜん興味がなさそうだったのに、
ここまでよくつづけてこれたな、
と思います（笑）。

数年前は、

「大きくなったら
バレリーナになる！」

なんて夢を口にしていた次女ですが、
今は進路などをあれこれ考える時期。

バレエが好き、というだけでは
将来につながらないかもしれない。
つながったとしてもそれは堅実じゃ
ないかもしれない。
だけど、今はあきらめたくない。

そんな葛藤をかかえつつ、
今は自分がやるべきことを
一生懸命やっているところです。

とりあえず次女には、
がんばりすぎないで
がんばることを楽しんでほしい！

で、本人がどんな道を選んでも
サポートしていってあげたいな、
と思っています！

3 姉妹は今（三女編）

最後は、三女の近況報告です。

幼いころは
言わずと知れた社長キャラで・・・

そして、こわいもの知らずの

バッチコイなベイビー
だった三女。

現在、小学6年生になりましたが、
なんでも許され、甘やかされ、
かわいがられてきたおかげで・・・

プライドは高く
負けず嫌いだが
努力は嫌いで
ごまかすのがうまい

という

THE・末っ子な性格に。

そして、

いってきます!!
横しまに
たてしま
まって
芸人みたい

着ていく服に迷いがない。

家庭科の作品に迷いがない。

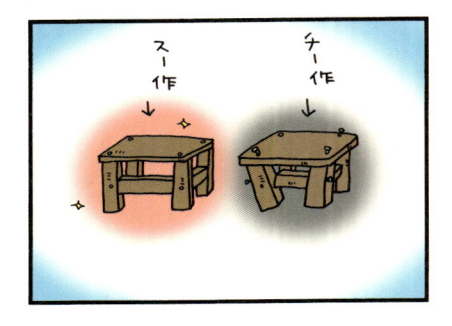

技術の作品にも迷いがない。

ちなみに、姉2人は

とてもきれいに作品を作ってきます。

で、ミシンのぬい目が曲がってるよ、
なんて
指摘しようものなら・・・

たいへんごきげんをそこねます。

ちなみに、次女がひとりでは電車に
乗れないと書きましたが、
この人はひとりでどこにでも
行こうとします。
電車も自分で路線図を見て
知らない土地にも行き、
目的地に着いちゃったりします。

バッチコイは健在・・・。

そして、末っ子らしく、
知識が豊富で幼いころから
いろんな言葉を覚えてきた三女。

次女が知らない言葉を使ったり・・・

そんなのどこで覚えた？
みたいな言葉を使ったりします。

それから、
うちの三女は本を読むことが
好きなので、

低学年のころからよく自分でも
物語を書いていたのですが

言葉のチョイスが小学生じゃない
っていう（笑）。

近ごろは、
刑事もののドラマやアニメに
ハマっているので・・・

まさかのミステリー。

（意味わかってんのかな・・・）

でも、最近はなかなか読ませて
もらえません。

いつよ、それ（笑）。

そして、言うことがコロコロ変わる
うちの三女。

すごく仲のいいお友だちができると、
とことん仲よしになるんですけど・・・

冷め方も早い。

バレエにのめりこんでいるのかと
思いきや

全然そうでもない。

熱しやすく、
冷めやすい人

なのです。（これも私の遺伝）

そんな好き勝手に生きている
三女なのですが、

姉2人を
すごくリスペクトしていて・・・

「お姉ちゃん（フー）は、
絵がじょうずだし足も速くてすごい」
「スーは、バレエがじょうず」

と、よく言っていました。

しかしそのうち・・・・

と言うように・・・。
姉にあこがれるのはいいけど、
卑屈（ひくつ）にはなってほしくないなあ〜・・・・
なんて思っていた、そんなある日。

思いもよらないことを言い出した！

長女も次女もあたりまえのように
公立の中学校に入学したわが家。
中学受験なんぞ、考えたことも
なかったんです。

しかも、それを言い出したのが
小学5年生の終わりごろ。

中学受験をする子は
4年生のころから塾に行っている！
といううわさを聞いていたし、
なんせ経験したこともなかったので
「いやいや無理でしょう」と
思いました、もちろん。
（私こんな適当な性格だし）

しかし。
勉強することがすごく好きだった
三女には合っているかもしれない、
という気がしたのと、
姉2人がやっていないことに
挑戦することで
何か自信につながればいいかな、

という思いから
とりあえず塾に行かせてみたのです。

ただ、冷めやすい人ですからね。

あっというまに
「もう塾やめる〜」
と言い出しかねない（笑）。

てことで、受験をするって決めたら
途中ではやめられないよ、
ということを何度も何度も
言い聞かせました。

ま〜、この「うん！」の軽いこと
軽いこと（笑）。
すんげー心配でしたが、
いざ、通い始めてみると

まったくいやがることもなく、
すごく楽しそうで・・・。
一度も弱音を吐かずに今でも
がんばっています。

むずかしい勉強をすることに
やりがいを感じているみたいです。

三女の塾の問題集を見て、次女に

「こんなむずかしいのやってんの！？
全然私にもわかんないわ」

って言われて、
ちょっとうれしそうにしていた三女。

最後までやる、と決めたことを
投げ出さずにやりつづけていること。
こういう経験が、三女を強くしてくれ
たらいいなって思っています。

ごらんのとおり、みごとに三者三様の
うちの３姉妹。

こんなふうに、なーんも考えずに
遊んでいたころから、時はたち・・・
それぞれが自分の将来を考えるような
時期になってきました。

それでも、３人が
ずっと仲よしでいてくれていることが
母はなによりうれしい。

進む道が
いろんな方向をむいていようとも、
今までと変わらず、
**明るく楽しく、そして仲よく
生きていってほしい！**
と願っております。
で、大御所でもなんでもいいから
りっぱな大人になってください（笑）。

以上、みんなの近況でした！

あとがき

　今回も最後まで読んでいただき、ありがとうございました！
　なんだかんだで、子どもの様子をブログに書き始めてから
もう10年以上がたちました。子どもの成長矢のごとし、とい
うことで、わが家の3姉妹の成長っぷりについてこられない
かたのために、今回はそれぞれのちょっとリアルな近況報告
を書いてみました。

　いよいようちの娘たちにも、自分の進むべき道を模索しな
くてはならない時期が近づいているようで……。そんな彼女
たちの将来に思いをはせたとき、私の頭に浮かぶのは「孫を
預かる体力あるかしら……」とかいう先走った妄想で、年老
いた自分を想像しては勝手にあせりを感じる日々です。

　しかし、楽観的な長女と、バレエの道に進みたい次女、受
験を通して目ざす大学まで考え始めた三女……と、それぞれ
が進もうとする道はみごとにバラバラで、これから先どうな
ることやら！？と不安もありつつ、まだまだ楽しみがふえそ
うだな〜なんてのんきにかまえております（私がいちばん楽
観的？）。

　まあ、「人生いっぱい笑ったもん勝ち」がわが家のモットー
なので、どんな道を行こうとも、たくさん笑える人生であれ

ばそれが勝ち組だと信じたい。

　3人にはこれからも、めいっぱい楽しみながら自分の将来に向かって突き進んでいってもらいたいな、と思います！

　そしてまたみなさんにも、笑える近況報告ができますように。孫を預かる日がきても、ずっと（笑）。

松本ぷりっつ

1974年生まれ。幼いころから絵をかくことが好きで独学でマンガをかき始める。高校時代にマンガ雑誌に投稿し奨励賞を受けるなど早くから才能の片鱗を見せる。短大卒業後、幼稚園教諭となる。翌年、「ザ・マーガレット」でマンガ家デビュー。その後、結婚を機に退職、家事育児のかたわらマンガ家活動をつづける。2005年に開設したブログ「うちの３姉妹」が大人気となり、2006年初の単行本「うちの３姉妹」を刊行、たちまちベストセラーとなる。2008年4月から2010年12月までテレビ東京系でTVアニメも放送されファン層が拡大する。「うちの３姉妹」のブログの終了後、同年３月に新しく始めたブログ「おっぺけですけど いいでそべつに。」も評判になる。本書は同ブログをもとに大幅にかきおろしを加えたもの。現在、雑誌「Como」(主婦の友社刊)の「ぷりっつ家は、今日ものほほん」のほか、週刊誌、月刊誌、WEBマガジンなどに多くの連載をもち、TVでマンガルポなども担当する。「うちの３姉妹」(①〜⑯＆特別編、増刊号)、文庫版「うちの３姉妹」(①〜⑯)、「TVアニメコミックス・うちの３姉妹」(①〜⑳)、「ママの心がふわりと軽くなる子育てサプリ」(いずれも主婦の友社刊)、「うちはおっぺけ ３姉妹といっしょ」(①〜④竹書房刊)、「にじいろあっちゃん」(①〜③集英社刊)ほか著書多数。

公式ブログ「おっぺけですけど いいでそべつに。」
http://ameblo.jp/pmatsumoto/

ぷりっつさんち ⑤

平成 29 年 1 月 31 日　第 1 刷発行

デザイン	森デザイン室
校正	井上裕子
企画・編集	遠藤清寿（E3 企画）
編集担当	近藤祥子（主婦の友社）

著　者　松本ぷりっつ
発行者　荻野善之
発行所　株式会社主婦の友社
　　　　〒101-8911 東京都千代田区神田駿河台 2-9
　　　　電話　03-5280-7537 （編集）
　　　　　　　03-5280-7551 （販売）
印刷所　大日本印刷株式会社

© Purittu Matsumoto 2016 Printed in Japan　ISBN978-4-07-415273-5

Ⓡ〈日本複製権センター委託出版物〉
本書を無断で複写複製（電子化を含む）することは、著作権法上の例外を除き、禁じられています。
本書をコピーされる場合は、事前に公益社団法人日本複製権センター（JRRC）の許諾を受けてください。
また本書を代行業者等の第三者に依頼してスキャンやデジタル化することは、
たとえ個人や家庭内での利用であっても一切認められておりません。
JRRC（http://www.jrrc.or.jp　eメール：jrrc_info@jrrc.or.jp　電話：03-3401-2382）

■ 乱丁本、落丁本はおとりかえします。
　お買い求めの書店か主婦の友社資材刊行課（電話 03-5280-7590）にご連絡ください。
■ 内容に関するお問い合わせは、主婦の友社（電話 03-5280-7537）まで。
■ 主婦の友社発行の書籍・ムックのご注文は、
　お近くの書店か主婦の友社コールセンター（電話 0120-916-892）まで。
＊ お問い合わせ受付時間　月〜金（祝日を除く）9:30〜17:30
主婦の友社ホームページ　http://www.shufunotomo.co.jp/